Pour Artemio et Ôma

© Éditions Gallimard Jeunesse, 2017

AGNÈS DESARTHE

LE MONDE SELON FRRRINTEK

ILLUSTRÉ PAR
BRUNO SALAMONE

Gallimard Jeunesse

-1-
S'il y avait un monstre sous ton lit, je serais au courant

« Je sais tout », c'est ce que mon grand frère m'a dit quand je lui ai demandé comment il pouvait être sûr qu'il n'y avait pas un monstre sous mon lit. Nos parents étaient sortis pour aller au restaurant, au théâtre ou je ne sais quoi, et moi je pleurais depuis une demi-heure parce que j'étais persuadé qu'il y avait un monstre sous mon lit. Un monstre avec des poils, des dents et une longue queue pointue. La baby-sitter en avait assez. La première fois que je m'étais levé, elle m'avait fait un câlin. La deuxième fois, elle m'avait juste fait un petit sourire et, à la troisième, elle m'avait expliqué qu'elle aussi, elle avait peur des monstres. Elle ne pouvait rien faire pour m'aider. C'était sûrement faux, vu qu'elle a quatorze ans, mais comment répondre ? Je me suis recouché en pleurant. J'ai pleuré, pleuré, puis j'ai pleuré un peu plus fort pour être sûr que mon frère, qui dort dans le lit d'en haut, allait m'entendre. Au bout d'un moment, il m'a demandé :

– Qu'est-ce qui t'arrive, Grondouk ?

Je ne m'appelle pas Grondouk. Mon vrai nom, c'est Orlando, mais mon frère et moi, on joue à être des Inuits et on trouve que Orlando et Jasper, ça ne fait pas très esquimau. Jasper a choisi de s'appeler Frrrintek (avec trois r) et il a décidé de m'appeler Grondouk (avec un r). Moi, je n'ai rien décidé parce que je suis en CP et que Frrrintek est en CM1. En gros, c'est lui le chef.

– J'ai peur.

Voilà ce que je lui ai répondu en pleurant à moitié.

– Peur de quoi ?
– D'un monstre, Frrrintek.
– Quel monstre ?
– Celui qui est sous mon lit.
– Je te garantis qu'il n'y a pas de monstre sous ton lit, Grondouk.
– Comment tu le sais ?
– Parce qu'on a des lits superposés. Donc, s'il y avait un monstre sous ton lit, il y aurait aussi un monstre sous mon lit, et je crois que je serais au courant si c'était le cas.

– Alors, ça fait deux monstres, Frrrintek.
– Mais non, Grondouk. Ça fait UN monstre. Mais en réalité, ça fait zéro monstre. Parce qu'il n'y en a pas. Il n'y a aucun monstre.
– Comment tu le sais ?
– Parce que je le sais, Grondouk. Et je le sais, parce que je sais tout.
– Tu sais tout ?
– Oui, Grondouk. Je sais tout.
– Et papa, alors ?
– Qu'est-ce qu'il vient faire là-dedans, François ?

Notre père s'appelle Hector, mais dans notre jeu, nos parents sont des inconnus de la rue. Mon père, dans notre jeu, s'appelle François. Et notre mère qui, en vrai, s'appelle Myriam, eh bien, dans notre jeu, elle s'appelle Marianne. Ça ressemble un peu. Moi, je trouve que c'est un défaut de notre jeu. Frrrintek trouve que c'est justement ça qui est génial. Il m'a dit que je comprendrais quand je serais en CM1.

– Ben, François, comme c'est notre papa, c'est lui qui sait tout, non ? j'ai dit.
– Non, Grondouk. Papa ne sait pas tout.
– C'est pas possible. Je ne te crois pas. Dis-moi un truc, un seul truc qu'il ne sait pas.

François, enfin, je veux dire, Hector, mais en fait je préfère l'appeler papa, est très fort en tout et surtout en histoire des rois et en sciences. Il connaît le nom de

toutes les planètes dans l'ordre. Il connaît la date de naissance de l'univers et il sait compter jusqu'à l'infini. Il connaît aussi les numéros des rois, comme Charles VI qui s'appelait aussi Charles le Fou, parce qu'il était fou. Il connaît même ceux qui n'ont pas de numéro comme Pépin le Bref, ou Louis-Philippe.

– Je vais te dire un truc que François ne sait pas, a fait Frrrintek. C'est tellement facile. François ne sait pas pourquoi les Égyptiens ont construit les pyramides.

– Et toi ? Toi, tu le sais peut-être ?

– Oui. Je suis peut-être un des seuls êtres vivants sur Terre à le savoir, mais je le sais. Parce que, comme je te l'ai dit, je sais TOUT !

– Alors vas-y, Frrrintek. Vas-y pour voir. Dis-moi pourquoi les Égyptiens, ils ont construit les pyramides.

– À cause du camembert, Grondouk. À cause du camembert.

La véritable histoire des pyramides, selon Frrrintek, frère de Grondouk

Autrefois, les Égyptiens étaient des gens avec des cheveux longs, la peau marron, des grands yeux maquillés, et ils marchaient de profil pour être toujours élégants alors qu'ils n'avaient presque pas de vêtements et des chapeaux bizarres en forme de quille ou de bouteille.

Ça, tout le monde le sait, mais ce que les gens ne savent pas, c'est que c'est eux qui ont inventé le camembert. Le camembert est un fromage qui pue horriblement, surtout quand il fait chaud et qu'on n'a pas de frigo. Et les Égyptiens, ils vivaient dans le désert, là où il fait tellement chaud que même les chameaux parfois ont soif. Les Égyptiens, donc, étaient très élégants, savaient marcher de profil tout le temps et avaient inventé le camembert, mais ils n'avaient pas inventé le frigo. Au début de

l'invention du camembert, ils étaient tout contents. C'était moelleux et la croûte blanche faisait très joli quand ils dessinaient des fromages sur leurs amphores.

Sauf qu'au bout de quelque temps, ils ont découvert qu'ils avaient fait une terrible erreur en inventant le camembert, parce que ça s'est mis à tellement puer dans leur pays qu'ils ont cru qu'ils ne

pourraient plus y vivre. Alors, tu me diras, ils n'avaient qu'à arrêter de faire du camembert ! Mais, ça, Grondouk, c'est impossible. C'est comme la bombe atomique. Une fois qu'on l'a inventée, on ne peut plus faire comme si on ne savait pas la fabriquer. Ils continuaient à faire des camemberts et à en manger, mais ils étaient très malheureux et avaient du mal à conserver leur belle démarche élégante. Heureusement, un jour, un grand grand savant qui avait voyagé partout, même en Hollande, pays des fromages, a eu une idée géniale.

– La pyramide ?

– Bravo, Grondouk !

Après des nuits entières à calculer en comptant sur ses doigts, parce qu'à cette époque, tu le sais, il n'y avait pas d'ordinateur, pas même de machine à calculer, à peine un vieux boulier cassé… Je disais donc, après des nuits entières passées à faire des calculs tellement compliqués que même moi qui sais tout, je n'ai pas entièrement compris, il a trouvé que si on construisait des triangles en pierre géants avec un labyrinthe à l'intérieur, et qu'on y mettait les vieux camemberts, le pays s'arrêterait de puer.

– Et alors, Frrrintek, ça a marché ?
– Oui, Grondouk. Ça a marché.

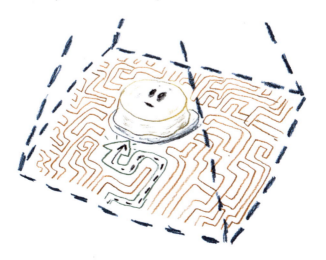

Mais au moment de l'invention des frigos, les pyramides n'ont plus servi à rien et peu à peu, les gens ont oublié à quoi elles servaient au départ. Seuls quelques érudits, comme moi, le savent encore…

– Grondouk ? Grondouk ? Tu dors ?

Je n'ai pas répondu, parce que, bien sûr, je dormais.

-2-
De la cervelle et des petits pois

La semaine suivante, mes parents sont allés dîner chez des amis. J'ai montré à ma mère que nous avions encore des pâtes dans le placard et même de la salade et des légumes dans le frigo.

– Bon, d'accord, il n'y a pas beaucoup de fruits, ai-je constaté en tâtant une banane marron foncé. Mais vous pouvez manger des yaourts. Ce n'est pas du tout la peine d'aller dîner chez des amis. Si ça se trouve, ils ont préparé des trucs horribles comme de la cervelle ou des petits pois.

— Mon chéri, a dit ma mère en me caressant la tête, j'adore la cervelle, et tu es la seule personne au monde que je connaisse qui n'aime pas les petits pois. Et puis, tu sais, on ne va pas dîner chez Marthe et Robert parce qu'on n'a plus à manger chez nous. On y va pour les voir. Pour discuter.

– Mais tu peux discuter avec nous, maman. Tu sais que je m'intéresse à tous les sujets. Et Frrrintek est même fort en politique.

– Qui est Frrrintek ? a demandé ma mère qui n'est pas au courant pour nos noms inuits.

Je m'étais piégé moi-même. Il n'était pas question qu'elle apprenne que nous avions un jeu secret. Il ne fallait pas qu'elle sache qu'elle s'appelait Marianne, ni que mon père s'appelait François.

Frrrintek avait été très clair là-dessus. On était comme des espions. Même sous la torture, on n'avait pas le droit de parler. Et c'était vraiment une torture pour moi de laisser ma mère partir discuter avec ses amis en mangeant de la cervelle et des petits pois, mais j'avais juré de ne rien dire. Frrrintek et moi, on avait prêté serment.

Dans les livres, on prête serment en signant son nom avec du sang, mais quand on a commencé le jeu, je ne savais

pas encore écrire, alors je ne pouvais pas signer, et en plus, le sang, c'est dangereux, si on en perd trop, on meurt. Frrrintek a eu l'idée de prêter serment en faisant un dessin avec de la sauce tomate. On a poussé le lit superposé, un jour où mes parents étaient allés au concert (on a plein de disques à la maison, je ne vois pas l'intérêt d'aller dehors pour écouter de la musique, mais bon), et derrière les gros montants en bois, on a dessiné un ours et un pingouin en sauce tomate. L'ours, c'est le symbole de Frrrintek. Le pingouin, c'est mon symbole à moi. Sauf que dessiner

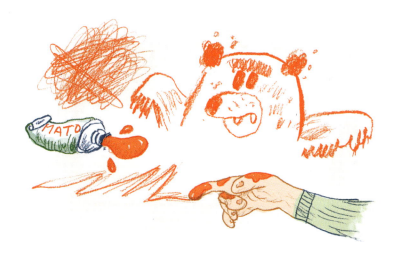

un pingouin, c'est très dur, alors mon symbole ressemble plutôt à une brouette. Oui, je sais, une brouette, ça n'a rien à voir avec un pingouin, mais j'avais quatre ans quand je l'ai fait, et Frrrintek a dit que comme ça, ce serait encore plus secret.

– Au revoir, mon petit cœur, a dit maman en m'embrassant sur le front. Puis elle a regardé mon grand frère et lui a dit d'éteindre la lumière avant neuf heures.

Notre baby-sitter habituelle s'était fait opérer des dents de sagesse, alors ce soir-là, c'était Mme Portozoglou qui nous gardait. Mme Portozoglou habite dans notre immeuble. Il paraît qu'elle parle français, mais je ne comprends jamais ce qu'elle dit. Il paraît qu'elle est très gentille et qu'elle adore les enfants, mais moi, je n'en ai jamais eu la preuve.

Quand c'est Mme Portozoglou qui nous garde, Frrrintek est encore plus le chef parce que, en vérité, Mme Portozoglou n'est pas du tout professionnelle. Elle ne sait pas qu'il faut nous dire d'aller aux

toilettes et de nous brosser les dents avant de dormir. Elle ne sait pas qu'il faut nous obliger à enlever nos chaussettes. Elle ne sait pas qu'il faut nous lire une histoire.

Un jour, j'ai demandé à mon père s'il lui donnait autant d'argent pour nous garder qu'à Vanessa qui est jeune, belle, parle très bien français et adore nous commander. Mon père a froncé les sourcils et m'a demandé :

– C'est quoi, ton problème ?

Comme je n'avais pas de réponse, vu que ce n'était pas vraiment mon problème, mais plutôt le sien, je n'ai rien dit.

Une fois que mes parents ont été partis, Mme Portozoglou a sorti son tricot de son sac et nous a montré sa joue en disant :

– Bijou, bijou.

Ça veut dire qu'il faut qu'on l'embrasse et qu'après on est libres de faire ce qu'on veut.

Une fois dans notre chambre, je me suis mis à pleurer, à pleurer et à pleurer un peu plus fort pour que Frrrintek m'entende.

– Qu'est-ce qui t'arrive, Grondouk ?
– Je suis triste.
– Pourquoi ?
– Parce que je n'arrive pas à aimer madame Portozoglou.
– Et alors ?
– Et alors ça me fait du souci.
– Et alors ?
– Et alors, quand je me fais du souci, je fais pipi au lit.
– Impossible, a dit Frrrintek, puis il a ri, d'un rire de diable et a répété : impossible.
– Pourquoi ?
– Tu n'as pas entendu les informations, Grondouk ?
– Non.
– La mission sur Mars, ça ne te dit rien ?
– Ah, si. Ils ont envoyé une fusée sur Mars, c'est ça ? Pour voir s'il y avait des Martiens ?
– C'est ce qu'ils racontent à la télé, mais moi, je sais depuis longtemps que, sur Mars, il n'y a pas de Martiens.

Je me suis remis à pleurer. C'était vraiment une mauvaise nouvelle. J'avais toujours rêvé de voir une soucoupe volante dans le ciel.

– Ça me fait de la peine, ce que tu dis, Frrrintek. C'est horrible. On est seuls dans l'espace, alors ? Je sens que je vais faire pipi au lit toutes les nuits, à cause de toi.

– Mais non, Grondouk, au contraire. On n'est pas seuls, mais alors pas du tout.

Ce qu'il y a sur Mars d'après Frrrintek, frère de Grondouk

Dis-moi, Grondouk, tu ne trouves pas ça bizarre, toi, que dans le vaisseau qu'ils ont envoyé sur Mars, ils n'aient pas mis d'humains. Il n'y a même pas de capitaine. Seulement des robots, un laboratoire ultra-perfectionné et des caméras. Et tu sais pourquoi ? Parce que ce qu'il y a sur Mars est beaucoup trop incroyable pour que des humains s'en chargent. Toi et moi, Grondouk, on peut regarder cette

réalité en face, mais imagine un équipage d'astronautes, avec leurs tenues et leurs casques, ultra-entraînés pour supporter l'apesanteur, imagine-les face à face avec la réalité martienne !

À la NASA, ils n'ont pas de formation pour ça. Et même nous, en France, qui sommes à la pointe de la technologie, on n'a pas trouvé comment préparer nos hommes à rencontrer ce que j'appelle le quatrième et le cinquième type. Je te le dis à toi, mais c'est encore plus secret que tous nos autres secrets. Je te le dis, Grondouk, parce que tu es exceptionnel et que je connais ton courage. Sur Mars, écoute-moi bien, il y a une vie. Une vie parallèle, qui ressemble à la nôtre. Disons que le premier type, c'est l'humain, le deuxième, le chien, le troisième le chat, eh bien, le quatrième et le cinquième que l'on ne trouve que sur Mars sont les inzizibles et les incacables. Je ne répéterai pas ces mots souvent parce que c'est très

très confidentiel, alors retiens-les bien et oublie-les tout de suite après cette conversation. Les inzizibles et les incacables.

À première vue, ils sont comme toi et moi. Il y a des mâles, des femelles, des enfants, des bébés. Ils ont des villes, des jouets, des chaussures et ils partent en vacances. Mais le truc incroyable, l'énorme différence qu'ils ont avec nous et qu'on est très peu sur Terre à connaître, c'est que les inzizibles n'ont pas de zizi et ne peuvent donc pas faire pipi, et que les incacables, comme leur nom l'indique, ne peuvent pas faire caca. Tu ne ris pas, Grondouk. Grondouk ? Grondouk, tu ne ris pas ?

Je ne riais pas, parce que je venais de m'endormir.

− 3 −
Gommette verte
ou gommette rouge ?

Mardi matin, Noémie a fait une présentation sur les pyramides. Les présentations, c'est quelque chose que notre maîtresse, Pascaline, a inventé pour qu'on devienne plus intelligents. Voilà comment ça marche : dès qu'un élève de la classe apprend quelque chose de nouveau, il le présente à tous les autres, avec des photos, des textes, des dessins, des documents ; comme ça, on partage le savoir et on peut faire un débat.

Au début de l'année, ça ne marchait pas très bien parce que personne n'avait compris ce que ça voulait dire «apprendre quelque chose de nouveau», et qu'on ne savait pas ce que c'était un débat. Par exemple, la première semaine, Jordis nous a fait une présentation de son bébé sœur qui venait de naître et qui s'appelait Rosanna. Comme il n'avait pas de photos, ni de documents à nous montrer, il a apporté un pyjama. C'était un tout petit vêtement avec des pieds au bout et une souris sur le devant. Pascaline a demandé à Jordis s'il avait l'impression d'avoir appris de nouvelles choses depuis que sa sœur était née, des choses sur les bébés en général, ou sur les parents en général. Alors Jordis nous a dit que les bébés ont une très petite langue rouge et qu'ils vomissent presque tout le temps. Maritza a crié Beuuurk! et Pascaline a rigolé. Après, il nous a raconté que ses parents disaient beaucoup plus de gros mots depuis que

Rosanna était née. Quand on est passés au débat, Pascaline a expliqué :

– C'est comme une discussion. Certains d'entre vous vont penser une chose, d'autres le contraire, et on va essayer de se convaincre les uns les autres. Quelqu'un a une idée à développer à propos de la présentation de Jordis ?

Assiatou a levé la main.

– Moi, je trouve que les pyjamas avec des pieds au bout, ça gratte, a-t-elle remarqué.

Fanny a répondu, sans même lever le doigt :

– Au contraire, c'est confortable. Ça tient chaud.

– Ça peut tenir chaud ET gratter en même temps, a noté Sofian.

Le débat était lancé.

Cette première présentation était un peu ratée, mais il faut un début à tout, comme nous dit toujours Pascaline, et depuis, on a fait beaucoup de progrès. Maintenant la maîtresse nous appelle « ses petits scientifiques » et la présentation de Noémie sur les pyramides était très réussie. Elle avait fait un dessin où on voyait trois gros triangles avec des flèches et des noms écrits au-dessus.

– Khéops, Képhren et Mykérinos, a lu Noémie. Ce sont les noms des trois pyramides de Giseh.

– Et là, c'est quoi ? a demandé Jaurès en montrant un genre de lion assis avec un grand chapeau triangulaire.

– Ça, a répondu Noémie c'est le cinks !

– Le sphinx, a corrigé Pascaline. Le « ph » se prononce « f » comme dans « Képhren ».

– Oui, a dit Noémie, mais c'est trop difficile.

On s'est tous entraînés à dire sphinx et Noémie a demandé à la maîtresse si ça signifiait qu'on savait parler égyptien maintenant.

– Pas tout à fait, a dit Pascaline. Mais on avance. Si vous voulez, on peut passer au débat.

Marcel a levé le doigt pour demander si les pyramides étaient des maisons.

– Non, a répondu Noémie. C'est des tombeaux.

– C'est quoi des tombeaux ? a demandé Lionel.

– C'est là où on met les morts, a déclaré Nolan.

Il y a eu un grand silence dans la classe et tout le monde s'est tourné vers la maîtresse. Personne ne voulait croire que Noémie avait fait une présentation de cimetière.

– J'ai peur, a dit Lou-Anna en pleurnichant.

– Est-ce qu'il y a des fantômes dedans ? a fait Isidore, qui adore Halloween, les vampires et les araignées.

Tout le monde parlait en même temps et Pascaline commençait à faire les gros yeux. Notre maîtresse n'aime pas le bruit. Elle dit qu'on n'apprend bien que dans le calme. Alors elle a posé ses mains sur ses oreilles et a pris son air sérieux. Un air que personne n'aime dans la classe. Lou-Anna pleurait carrément et criait qu'elle voulait voir sa maman. Alors j'ai décidé de maîtriser la situation. J'ai levé le doigt. Pascaline a dit à tout le monde de se taire pour m'écouter.

J'ai demandé si je pouvais me lever pour parler parce que ce que j'avais à dire était très important et peut-être très secret. Pascaline a accepté et tout le monde s'est tourné vers moi.

– Les pyramides, j'ai dit — d'une voix très spéciale, de la voix que François avait prise pour nous expliquer que si on part

dans le désert il faut toujours, toujours emporter une bouteille d'eau parce qu'on meurt plus vite de soif que de faim —, les pyramides ont été inventées pour ranger le camembert.

Tout le monde a ri, même Lou-Anna, et Pascaline m'a remercié. Je voulais raconter

toute l'histoire de Frrrintek, mais la maîtresse m'a demandé de me rasseoir.

– C'est très bien, Orlando, m'a-t-elle dit. Tu es un bon camarade.

J'ai insisté pour continuer. Elle ne m'a pas laissé faire.

J'ai eu droit à deux gommettes vertes sur ma carte.

Quand on fait quelque chose de bien, on a une gommette verte. Si on fait quelque chose de mal, on a une gommette rouge. À la fin de la semaine, on compte les gommettes. Ceux qui ont plus de gommettes vertes que de gommettes rouges gagnent un pétale de rose séché. Ce sont des vrais pétales que Pascaline fait sécher elle-même. Ils sont très fragiles. On a fabriqué des petites boîtes en origami au début de l'année exprès pour les conserver. Je me suis rassis sur ma chaise, un peu déçu, et j'ai pensé à ma collection de pétales pour me consoler.

Le soir, alors que Frrrintek lisait dans son lit, je l'ai appelé.

– Frrrintek ?

– Oui, Grondouk.

– J'arrive pas à dormir.

– Lis un livre.

– Ça me fatigue de lire. Je te rappelle que je suis en CP.

– Justement, si ça te fatigue, tu finiras par t'endormir.

– Aucun rapport, Frrrintek.

– Aucun rapport entre la fatigue et le sommeil ? a demandé Frrrintek en se penchant depuis son lit du haut pour me regarder.

J'avais gagné. Quand Frrrintek passe la tête par-dessus le rebord pour me parler, ça veut dire qu'il laisse tomber son livre et qu'on va passer la soirée à parler.

– Pourquoi les gens ne veulent pas savoir la vérité ? j'ai demandé à Frrrintek.

– Quels gens, Grondouk ? Quelle vérité ?

– Les gens de l'école. Ils n'ont pas voulu savoir que les pyramides ont été inventées à cause de l'odeur du camembert.

– Qu'est-ce qui s'est passé, Grondouk ?

J'ai raconté à Frrrintek la présentation du matin.

– Ils sont trop jeunes, a déclaré Frrrintek. C'est pour ça. Ils ne sont pas prêts.

– Mais Pascaline, alors ? Pascaline, elle est vieille. Elle aurait pu comprendre.

– Non, Grondouk. Les maîtresses, ça ne vieillit jamais. C'est à cause de la contagion. Tu sais, comme pour les rhumes. Si tu es à côté d'autres personnes qui ont un rhume, tu peux l'attraper. Les maîtresses, comme elles passent leur temps avec des enfants, elles attrapent leur jeunesse, comme un rhume. Elles sont contaminées.

– Et c'est grave, Frrrintek ? J'étais inquiet pour Pascaline, parce que, même si elle ne me laisse pas toujours parler, je l'aime beaucoup.

– Non, Grondouk, ce n'est pas grave. C'est comme le phénix.

– C'est quoi le phénix ?

– Une créature mythologique, Grondouk.

– C'est quoi « mythologique » ?

Frrrintek a éteint la lumière et m'a tout expliqué.

La mythologie, selon Frrrintek, frère de Grondouk

Il y a très, très longtemps, plus longtemps que la préhistoire, plus longtemps que les dinosaures et même plus longtemps que le big bang, il n'y avait rien dans l'univers. Le rien, on ne peut pas se le représenter, alors concentre-toi juste sur le temps, Grondouk. Pense à avant ta naissance, à avant ma naissance. Pense à quand papa et maman étaient petits. Pense à quand grand-mamie était bébé. Ça donne le vertige, je sais, Grondouk, mais il faut que tu y arrives. Je sais que tu peux y arriver.

– Est-ce que je dois penser aux pyramides ?

– Ne mélange pas tout, Grondouk. Pense à la vie et pense à ce qu'il y a avant la vie, et encore avant. Tu vois ?

– Oui, je crois que je vois. C'est tout noir.

– Ça, c'est parce que Marianne a oublié

d'allumer la veilleuse. Mais c'est pas grave. Nos yeux vont s'habituer à l'obscurité et bientôt tu distingueras les carrés sur le rideau et les poignées sur la commode.

Donc, je reprends. Il y a très, très, très longtemps, à une époque où rien n'existait, où même les étoiles n'étaient pas encore nées, il y avait quelque chose. Alors, je sais, Grondouk, quelque chose dans le rien, ça veut dire que le rien n'est plus le rien. Mais en fait si. Le rien existe justement parce qu'il y a quelque chose. Tu comprends ?

– Non.

– C'est pas grave. Je continue.

Alors cette chose qu'il y avait, alors qu'il n'y avait rien, même pas les dinosaures, ni grand-mamie, ni le camembert, c'était les mites.

– Les mites que maman a tuées avec les pastilles d'antimites, Frrrintek?

– Presque. Sauf que les mites dont je te parle ne sont pas les mites qui mangent les vêtements. Les mites d'avant le monde, étaient des mites spéciales, des mites de la mitologie. Tu as déjà entendu parler de la mythologie, Grondouk?

– Oui, avec les dieux, les déesses et les batailles?

Voilà, c'est ça. Les gens disent que la mythologie a été inventée par les Grecs, mais en fait, ils ont juste recopié sur la mitologie des mites. Parce que, vois-tu, les mites s'ennuyaient beaucoup. Elles étaient seules dans un monde vide et sans couleurs, sans dinosaures, sans toi, sans

moi, et en plus elles mouraient au bout de deux semaines. Alors, pour se redonner le moral, elles racontaient des histoires. Et ces histoires… Grondouk, tu m'entends ? Tu veux que je te raconte une des histoires de la mitologie ?

Mais je n'ai pas pu répondre, car, bien sûr, je m'étais endormi.

-4-
Plus grave qu'une fracture du crâne

Depuis une semaine, ou peut-être deux, quelque chose a changé à la maison. Je dis une semaine ou deux, mais j'ai l'impression que ça fait depuis l'éternité tellement c'est horrible. En plus, je ne sais pas vraiment ce que c'est. Personne ne sait. Ni moi, ni Marianne, ni François.

Quand je leur ai demandé « Mais qu'est-ce qu'il a Frrrintek ? », ils n'ont pas su me répondre.

– Frrrintek ? a dit François, qui c'est ça, Frrrintek ?

– Je veux dire Jasper.

– Ah, a soupiré mon père.

– Hum ! a fait ma mère.

Frrrintek était dans sa chambre. Il ne pouvait pas nous entendre, alors j'ai insisté :

– Il est malade ?

– Beueueueh, a fait mon père.

– Hum, a refait ma mère.

– Il va mourir, c'est ça ? j'ai crié. Il est condamné par une maladie incurable que personne ne sait comment soigner et qui est plus grave qu'une fracture du crâne ?

François a éclaté de rire et Marianne aussi.

Mes parents sont devenus fous. Il paraît qu'on peut devenir fou d'angoisse, ou fou de chagrin, c'est Frrrintek qui me l'a dit. Il paraît qu'on peut aussi être fou de joie, mais Marianne et François, même s'ils sont parfois cruels, même s'il leur arrive de dire « Mais qu'est-ce qu'on a fait au Bon Dieu pour avoir des monstres pareils ? », ne sont quand même pas assez méchants pour rire de la maladie mortelle d'un enfant.

Je suis allé dans notre chambre. Frrrintek était sur son lit. Sans livre, sans rien. Je suis monté à l'échelle pour vérifier. Il avait les yeux fermés. J'ai posé la main sur son front.

– Frrrintek ? Frrrintek, tu m'entends ? Qu'est-ce que tu as ? Papa et maman sont devenus fous. Je veux dire, Marianne et François. Enfin Myriam et Hector. Ils rient dans la cuisine.

Il n'a pas ouvert les paupières. Il n'a pas bougé d'un millimètre.

– Frrrintek, j'ai peur. Raconte-moi une histoire. Je vais aller me mettre dans mon lit et on va faire comme si c'était la nuit, d'accord ? Tu vas me raconter une histoire.

Je me suis allongé sur ma couette et j'ai attendu quelques minutes. Il ne se passait rien. Il y avait un grand silence dans la maison. Mes parents ne riaient plus. Frrrintek respirait à peine.

Alors j'ai demandé :

– Tu as mal quelque part ?

Pas de réponse.

– Tu dors ?

Toujours pas de réponse.

– Tu veux que je te raconte une histoire ?

Pas de réponse non plus. Mais, en un sens, ça m'arrangeait, parce que je n'aurais pas su quoi lui raconter. Moi, je ne suis pas comme Frrrintek, je ne sais pas tout. Quand j'essaie de penser à quelque chose, de me concentrer, il ne se passe rien dans ma tête, un peu comme au temps des mites. Je n'arrive à penser qu'à nos secrets à Frrrintek et à moi. Je pense à l'igloo en morceaux de sucre qu'on a construit ensemble sur la banquise. À l'inventeur des fusées qui avait pris modèle sur les suppositoires mais n'osait pas le dire à l'Académie des sciences. Je pense à nos chiens de traîneau qui s'appellent Ours-bouboule 1, Ours-bouboule 2, Ours-Bouboule 3 et ainsi de suite jusqu'à Ourse-bouboule 12 qui est le chef et la seule femelle. Je pense aux chaussons aux pommes, dont on avait trouvé la recette une année de famine et qu'on fabriquait, à l'origine, avec des vrais chaussons qui sentaient les pieds mais qui, une fois passés au four, grâce à un miracle chimique, avaient un goût de pomme. Je pense à l'aurore boréale que nos amis pingouins nous ont invités à regarder pour le jour de l'an et aux gaufrettes à l'eau de mer et au lait d'otarie qu'ils nous ont offertes en cadeau. Je pense que je vais peut-être redoubler mon CP parce que,

depuis quelque temps, Pascaline n'est pas très contente de moi et qu'elle a demandé à voir mes parents. J'ai été convoqué chez la directrice et j'ai aussi vu la psychologue de l'école. Peut-être qu'ils vont me renvoyer.

Alors j'ai pleuré. J'ai pleuré encore. J'ai pleuré un peu plus fort.

Mais Frrrintek n'a rien dit. Il ne bougeait toujours pas. Ça faisait déjà plusieurs semaines, et même une éternité qu'il était comme ça. Qu'est-ce que j'allais devenir si j'étais renvoyé de l'école, que mes parents étaient fous et que mon frère mourait ?

Il fallait que je trouve une solution, une idée. Il fallait que je sauve mon frère. Une fois que Frrrintek irait mieux, tout le reste suivrait. Même si j'étais renvoyé de l'école, il pourrait m'apprendre tout ce qu'il sait, et même si nos parents étaient fous, il pourrait m'élever, comme Oursbouboule 11 avait élevé ses dix frères parce que sa mère, Ourse-Bouboule 12, était trop occupée à être le chef et qu'ils n'avaient pas de papa. Je me suis dit qu'il faudrait que je trouve un signe, un indice. Alors j'ai commencé à fouiller dans notre chambre. J'ai ouvert les tiroirs de la commode. J'ai sorti les chaussettes, les caleçons, les joggings. J'ai retrouvé une figurine d'épouvantail. Ça m'a fait un tout petit peu plaisir. J'ai pensé que c'était peut-être un talisman, un objet magique,

alors je l'ai frotté, j'ai soufflé dessus, j'ai récité une formule, mais ça n'a rien donné. Frrrintek était toujours immobile sur son lit. J'ai sorti les livres de la bibliothèque, je les ai retournés.

Une enveloppe est tombée de *Mille et un contes sans queue ni tête*. Elle portait le nom de mon frère : Jasper Merigal, 7 impasse du souffle d'or et encore au-dessous, une série de chiffres et le nom d'une ville que je ne connaissais pas. J'ai ouvert l'enveloppe et dedans il y avait une feuille pliée

en deux avec un message écrit en grosses lettres : MON COCO, C'EST TON GRAND-PAPI QUI T'ÉCRIT POUR TE SOUHAITER UN BON ANNIVERSAIRE DE DEUX ANS. BISOUS. TU ES MON ARRIÈRE-PETIT-FILS PRÉFÉRÉ. SIGNÉ : GRAND-PAPI PRRRRINTUK, ROI DES ESQUIMAUX.

Je n'avais jamais entendu parler de ce grand-papi Prrrrintuk, roi des esquimaux. C'était ça l'indice, le signe. Le secret de notre secret. J'ai grimpé à l'échelle et j'ai secoué Frrrintek.

– Frrrintek ! réveille-toi. J'ai trouvé la lettre. Frrrintek !

Frrrintek a ouvert un œil.

– T'as fouillé dans mes affaires ?

Il a ouvert l'autre œil et s'est redressé sur son lit. Il avait l'air complètement normal tout à coup. Pas du tout mort. Pas du tout malade.

– J'ai pas touché tes affaires, Frrrintek.

– Arrête de m'appeler comme ça. Je m'appelle Jasper, OK ? Et j'en ai marre de ces trucs de bébés. Ces noms débiles et ce jeu débile. T'avais pas le droit de fouiller. Cette lettre, elle était pas pour toi, elle était que pour moi. Et mon cartable, c'est MON cartable. Tu mets pas les mains dedans !

– J'ai pas touché à ton cartable, Frrrint... heu, Jasper. Tiens, regarde.

Je lui ai tendu son cartable, bien fermé. Il l'a pris, l'a ouvert et en a sorti une lettre. Une autre lettre, plus petite que celle du grand-papi esquimau. Il l'a tenue trois secondes entre les mains et m'a dit :

– Pardon. Je me suis trompé. Pardon, Grondouk. Tiens, tu peux la lire de toute façon.

Il m'a tendu une jolie enveloppe rose avec une étoile dessinée dessus. À l'intérieur, il y avait un papier vert plié en deux où était écrit :

Ce n'et pas la pène de m'aimé, parse que moi, je ne t'aime pas.

Signé : Jacobine

J'ai senti que c'était très important. Qu'il fallait que je comprenne très vite.

Je devais absolument dire quelque chose à Frrrintek, mais pour ça, il fallait que j'analyse la situation.

— C'est une fille de ta classe ?

— Oui.

— Elle a un problème d'orthographe ?

— Non.

— C'est ton amoureuse ?

Il n'a pas répondu. Il s'est jeté contre son oreiller et s'est mis à pleurer. C'était la première fois que je le voyais faire ça.

Je me suis dit qu'il fallait que je demande de l'aide ailleurs. Peut-être que mes parents se sentaient mieux maintenant. Peut-être que leur crise de folie était passée. J'ai laissé Frrrintek tout seul – ça me faisait moins peur, maintenant que je savais qu'il n'était pas vraiment malade – et je suis retourné voir mes parents à la cuisine.

– Qu'est-ce qu'il a Jasper ? Vous êtes obligés de me le dire.

J'avais pris une voix spéciale, une voix un peu autoritaire.

– Il a des peines de cœur, a dit mon père.

– Un chagrin d'amour, a dit ma mère.

– Avec une fille ? j'ai demandé.

Mes parents m'ont regardé, l'air étonné.

– Vous êtes sûrs ? j'ai insisté. Une fille ? On ne s'est jamais intéressés aux filles.

Ils ont hoché la tête, tous les deux.

Le soir, après un dîner où mon frère n'avait pas dit un mot et mangé deux raviolis sur douze, je me suis allongé sur mon lit et je lui ai raconté une histoire.

Les filles et l'amour, selon Grondouk, frère de Frrrintek

Je sais que tu m'écoutes, Frrrintek, même si tu es à moitié mort, là-haut sur ton lit. Et c'est bien que tu m'écoutes, parce que ce que j'ai à te dire est de la plus haute importance. Tu te sens très mal et peut-être même que tu es malade. Tu n'as mangé que deux raviolis japonais, alors que c'est ton plat préféré. Donc cela signifie que ton estomac est touché. L'estomac, c'est très important parce que c'est au milieu du corps… enfin si on ne compte pas les jambes ni la tête. Disons que c'est au milieu du milieu, donc extrêmement central et c'est parfaitement normal d'avoir mal au milieu du milieu, parce que justement, les filles pensent qu'elles sont au centre de tout. Alors que c'est même pas vrai. Les filles ont été inventées il y a très très longtemps, par un savant fou qui essayait de changer l'or en chewing-gum.

Personne ne sait pourquoi il voulait faire ça, mais bon, à la fin, il a inventé les filles.

– Tu n'as pas de questions, pour l'instant, Frrrintek ?

J'aurais bien aimé que mon frère me pose une question parce que je sentais que mon histoire ne tenait pas debout. Ce n'était même pas une histoire en fait. C'était des mots les uns derrière les autres pour occuper l'espace, mais ça ne racontait rien.

– Tu es sûr que tu n'as pas de questions ? Tu me suis parfaitement ? Bon, alors je continue.

Je disais donc que les filles avaient été inventées à la place du chewing-gum. Et c'est pour ça qu'elles sont molles et collantes, mais qu'elles ont une bonne odeur. Depuis l'Antiquité, les filles ont plus souvent… aaaaaaaaah (j'ai bâillé). Depuis l'Antiquité, et les temps plus anciens, les filles se sont montrées plus… aaaaaaaaaaaaaaah (j'ai bâillé encore plus fort). Après, c'est le trou noir, je crois que je me suis endormi.

-5-
Quel rat ce Vladimir

Quand je me suis réveillé, il était 4h15 sur notre réveil Batman. 4h15! Et j'étais en forme comme si c'était le milieu de la journée. Frrrintek ronflait légèrement au-dessus de moi. Je me suis senti minable de m'être endormi pendant que je racontais une histoire pour lui sauver la vie. Ce n'était pas une conduite très héroïque. J'étais petit et j'étais nul. Frrrintek ne pouvait pas compter sur moi. J'allais redoubler mon CP, être renvoyé de l'école et chassé de ma famille. Et je l'avais bien mérité. J'ai eu envie de pleurer, mais, au lieu d'aller chercher mes larmes, comme je le faisais presque tous les soirs maintenant, je suis allé chercher autre chose. Une chose qui me trottait dans la tête. Une chose qui m'avait réveillé à 4h15 du matin. J'ai repensé à la lettre écrite par Jacobine :

Ce n'et pas la pène de m'aimé,
parse que moi, je ne t'aime pas.
Signé : Jacobine

Pascaline est très sévère sur l'orthographe et même moi qui vais peut-être redoubler mon CP, je sais qu'on n'écrit pas « peine » avec un « è ». Il y a plusieurs manières de faire ce son. Avec « ai » avec « è », avec « ê » et même parfois juste avec un « e » s'il y a une double consonne derrière. J'en oublie peut-être, mais ce que je n'oublie pas, c'est que « peine », ça s'écrit avec un « e » ET un « i ». C'est pour ça que j'avais demandé à Frrrintek si Jacobine avait un problème d'orthographe.

Et, tout à coup, ça m'a fait comme une illumination. J'avais l'indice, le signe !
– Frrrintek, Frrrintek. Réveille-toi ! C'est très important. Frrrintek !
– Qu'est-ce qu'il y a ? T'es fou ou quoi ?
– Non, je suis génial.
Frrrintek a essayé de se rendormir, mais j'avais déjà grimpé l'échelle pour m'asseoir dans son lit.
– Pousse-toi de là, Grondouk. Je suis pas ta mère.
– Je sais, Frrrintek. Calme-toi. Dis-moi comment on écrit « peine ».

– Si t'as pas eu le temps de faire tes devoirs, c'est pas ma faute.

– Ça n'a rien à voir avec mes devoirs, Frrrintek. C'est de ta vie qu'il s'agit.

Il s'est relevé sur un coude et m'a regardé d'un œil si noir que même dans le noir, je le voyais. Alors j'ai pris mon courage à deux mains et je lui ai expliqué qu'il y avait un indice dans la lettre de Jacobine. Si elle n'avait vraiment aucun problème d'orthographe, elle n'avait pas pu écrire « peine » avec un « è ».

— Mais c'est qui, alors, Grondouk ? Qui a écrit cette lettre ?

— Quelqu'un qui a un problème d'orthographe… et qui est amoureux de Jacobine.

— Vladimir ! s'est exclamé Frrrintek. Quel rat ce Vladimir !

Épilogue

Un épilogue, c'est un truc génial dans les histoires. On raconte en vitesse ce qui se passe après la fin. Ça fait comme un chocolat après le dessert, un petit quelque chose de bon et de pas prévu.

En plus, dans mon épilogue, il n'y a que des bonnes nouvelles.

Premièrement : j'avais raison pour Jacobine, et Frrrintek avait raison pour Vladimir. C'était lui qui avait écrit la fausse lettre pleine de fautes d'orthographe. Si Jacobine et Frrrintek se marient, j'aurai une belle-sœur.

Deuxièmement : mon rendez-vous avec mes parents et la maîtresse s'est très bien passé. Pascaline a montré mes cahiers en leur expliquant que j'étais très distrait, que j'oubliais les consignes et surtout – là, elle a pris une voix très grave, une voix de sorcière qui a fait très peur à mes parents, je crois – et surtout que je racontais beaucoup d'histoires bizarres. La directrice, la psychologue, tout le monde était inquiet pour moi. Ma mère et mon père m'ont regardé comme s'ils me voyaient pour la première fois. François m'a demandé ce que j'avais à dire pour ma défense, comme si j'étais accusé au tribunal.

Alors moi, j'ai dit que c'était à cause d'un secret de famille. D'un arrière grand-père esquimau dont personne ne m'avait jamais parlé. Il était mort avant ma naissance, à une époque où ma famille habitait dans un village que je ne connaissais pas et où on ne m'avait jamais emmené. J'ai dit que j'étais traumatisé à cause de ça. Parce que j'avais découvert que mon grand frère avait reçu une lettre de lui et

pas moi. J'étais tellement convaincu par mon rôle que j'ai même réussi à pleurer. Mais ça, comme vous savez, c'est ma petite arme secrète.

La maîtresse et ma mère ont été très touchées. Mon père avait une drôle de tête, comme s'il avait mangé un champignon pourri, ou qu'il s'était mordu la langue très fort. Maman m'a caressé les mains. Elle m'a dit que les grandes personnes avaient été bêtes et que j'avais raison. Pascaline a reconnu que j'avais le droit de rêver, mais qu'il faudrait juste que je m'applique un peu plus. Je leur ai promis de faire de mon mieux. Je leur ai demandé s'ils voulaient que je prête serment avec mon sang. Pascaline et ma mère ont eu l'air effrayé, mais mon père a compris que c'était une blague. Il s'est mis à rire et tout le monde a été soulagé.

Épilogue de l'épilogue

Ça, c'est quelque chose que j'ai inventé. Ça n'existe dans aucun autre livre. C'est mieux que le chocolat après le dessert. En fait il n'y a pas de mot pour dire comme c'est bien, et surtout utile parce que ça me permet de vous dire encore deux choses.

Premièrement : Vladimir s'est trouvé une amoureuse qui s'appelle Mahalakshmi. Je crois qu'elle va lui faire faire beaucoup de progrès en orthographe grâce à son prénom.

Deuxièmement: on est allés en weekend à Montfouillon sur Chignac, c'est là que Frrrintek habitait avec mes parents avant ma naissance. On a fait un pèlerinage impasse du souffle d'or. C'était une petite ruelle sans intérêt avec trois maisons dont une très moche, celle où mon frère était né, justement. On s'est beaucoup ennuyé à Montfouillon, parce qu'il n'y avait pas grand-chose à faire et qu'il pleuvait tout le temps. Frrrintek m'en a un peu voulu. Le soir à l'hôtel, je lui ai parlé de Grand-Papi Prrrrintuk et je lui ai demandé pourquoi il ne m'en avait jamais parlé.

– Je ne me souviens pas de lui, m'a dit Frrrintek. Il est mort avant, quand j'étais tout petit.

– Et la lettre, alors?

– Je ne savais même pas lire quand je l'ai reçue, Grondouk. Comment tu veux que je m'en souvienne?

J'ai fait semblant de le croire.

Table

1. S'il y avait un monstre sous ton lit,
je serais au courant — 5

2. De la cervelle et des petits pois — 17

3. Gommette verte ou gommette rouge — 30

4. Plus grave qu'une fracture du crâne — 48

5. Quel rat ce Vladimir — 64

Épilogue — 69

Épilogue de l'épilogue — 73

L'auteure

Agnès Desarthe, normalienne et agrégée d'anglais, est l'auteure de nombreux livres. Depuis son premier – *Je ne t'aime pas, Paulus,* en 1992 –, elle en a écrit plus de trente pour les enfants, où elle aborde les grandes questions de la vie avec une grâce faite d'humour et de tendresse. Elle a aussi signé une douzaine de romans pour les adultes, des essais, des pièces de théâtre et des traductions de l'anglais. Elle a notamment traduit les auteurs Lois Lowry, Anne Fine, Jay McInerney, Virginia Woolf ou Cynthia Ozick. Agnès Desarthe vit en Normandie avec son mari et ses enfants.

L'illustrateur

Bruno Salamone est diplômé de l'École supérieure des arts décoratifs de Strasbourg. Il travaille dans des domaines différents : la presse et l'édition jeunesse, la publicité, la bande dessinée et le film d'animation. Touche à tout, il est toujours prêt à essayer de nouvelles expériences visuelles. Son univers graphique, bourré d'humour et d'idées fantaisistes, n'exclut pas la sensibilité et la poésie, et se peuple volontiers de monstres égarés et de personnages mélancoliques. Bruno Salamone vit à Marseille.

Maquette : Karine Benoit

ISBN : 978-2-07-509167-1
N° d'édition : 323550
Loi n° 49-956 du 16 juillet 1949
sur les publications destinées à la jeunesse
Dépôt légal : mars 2018
Imprimé en Espagne par Novoprint (Barcelone)